KB197611

초록 코끼리

박유하

디지털 포엠은 웹사이트, 애플리케이션,
인터랙티브한 디지털 플랫폼을 통해 공개되며,
시적 경험을 시청각으로 확대할 수 있는 특징이 있습니다.

디지털 포엠은 이러한 기술적 접근을 통해
독자와의 새로운 소통 방식을 모색하며, 전통적인 시의
경계를 허물고 새로운 형태의 시적 상상력을 제시합니다.

시를 디지털 콘텐츠로 제작하는 여정

'시'와 '디지털 콘텐츠' 사이, 디지털 포엠에 대하여

많은 독자들이 시를 어려워한다. 이는 학교에서 시의 의미에 정답이 있다는 전제로 시를 교육받기 때문이다. 시를 읽고 난 후 제대로 된 의미를 말하지 못할 수 있다는 생각이 지배되는 한 시는 우리에게 자유가 아닌 구속감을 안겨 줄 것이다.

그렇다면 시는 무엇이며 어떻게 향유되어야 하는가. 이 문제에 대한 답을 내릴 수 있을 때 우리는 시를 쉽고 재밌게 실험하거나 읽어 낼 수 있다. 문학은 기본적으로 예술의 하위 범주다. 문학이 시, 소설, 희곡 등과 같은 갈래로 분류되지만, 시가 소설처럼 서사를 갖기도 하며 서사가 시적 장면을 갖기도 하는 건 갈래와 상관없이 문학이 '예술로서의 특이점'을 공유하기 때문이다. 그렇다면 예술이란 무엇인가. 이 문제에 대한 해답은 들뢰즈의 예술 개념을 참조해 볼 수 있다. 들뢰즈는 예술 작품이 '사건으로서의 지각과 정서를 가능성의 방식으로 보존'하여 감상자에게 제공하기 때문에 '기념비'라

부를 수 있다고 언급한다. 이때 사건이란 무엇으로든 변화할 수 있는 동사 원형이다. 문학이 다루는 건 변하지 않는 본질이나 이데아가 아닌 언제라도 배치에 따라 다양한 상태로 현실화될 수 있는 잠재적인 차원인 것이다. 즉 정해진 의미의 바깥을 탐색하는 작업이 예술이다. 따라서 예술은 '권력을 가진 형식이나 의미'를 파괴하고 '새로운 동사'를 생성해 내는 작업이 동반되어야 한다.

따라서 시는 늘 새로워야 시일 수 있다. 이는 시의 '내용'에만 창의성을 요구하는 것으로 편향되어서는 안 된다. 과거에는 시에서 운율을 찾는 것이 당연했지만 요즘 쏟아져 나오는 시에서 운율을 반드시 찾아내기란 어렵다. 속도는 느리지만 문학의 '형식'은 분명 변모해 간다. 심지어 요즘과 같이 급격하게 '디지털 매체'가 우리의 삶을 지배하는 시대에, 문학의 형식은 그 어느 때보다 사회 · 문화적 코드에 귀를 기울여야 할 것이다. 이에 부응하듯이 '디지털 인문학'은 이미 주요한 개념으로 자리를 잡았다. '디지털 인문학'은 디지털 기술과 인문학의 융합으로 신생 학문의 분야지만 앞으로의 인문학을 이끌고 나갈 무궁무진한 가능성이 기대되는 학문이다. 이를 증명하듯이 디지털 기술과 문학 작품과의 융합 양상, 방향성에 대해 많은 인문학자들이 모색하고 있으며 매해 디지털 문학에 대한 수많은 논문이 게재되고 있다.

지금까지 대부분의 문학은 출판을 통해 독자에게 전

달되었다. 하지만 디지털 시대에 들어서면서 많은 정보들이 SNS를 통해 유통된다. 주지하다시피 디지털 시대라 하더라도 인쇄물을 통한 정보 유통도 같이 가야 한다. 디지털 층위에서 유행한 작품이 출판되거나 출판된 작품이 디지털 층위에서 새롭게 업로드될 수 있듯이 각자의 영토를 지켜 나가면서 상생해야 한다는 점에 방점이 있다. 디지털 문학은 이미 출판을 목적으로 창작되는 문학 작품을 해치는 것이 아니다. 디지털 매체와 인쇄 매체는 각자 다른 종류의 정보 매체일 뿐이며 서로의 가치를 인정하는 윤리를 전제로 삼아야 한다. 다만 우리가 유념해야 할 점은 디지털 전환이 급격하게 이루어지고 있기 때문에 앞으로 디지털 기술을 통해 문학이 향유되는 시대적 흐름을 거스를 수 없다는 것이다.

'디지털 전환'은 디지털 기술을 통해 사물 인터넷, 인공지능, 빅데이터 등 사회 전반의 혁신을 일으키는 현상을 일컫는다. 이에 맞게 '문학'도 '디지털'과 융합하여 '디지털 문학'이라는 신생 갈래가 차츰 안정적인 토대를 갖추어 가고 있다. 디지털 네이티브 세대가 만들어 갈 문학은 문자 텍스트뿐만 아니라 이미지와 사운드 같은 디지털 매체와의 관계 속에서 다시 정의되어야 한다. 새로운 미디어를 받아들일 때 우리는 문학의 위기를 기회로 전향할 수 있는 가능성을 발견할 수 있을 것이다.

필자는 디지털 문학에서도 '디지털 포엠'에 집중해 보

고자 한다. 디지털 포엠은 디지털 매체상에서 창작·유통·수용되는 모든 형식의 시를 지칭한다. 시가 디지털 매체에서 창작·출간될 수 있다는 건 단순히 기존 출판 형태의 텍스트를 업로드하는 작업이 아니다. 디지털 포엠은 디지털 매체의 특성인 '이미지', '영상', '소리'와 같은 멀티미디어를 최대한 활용하여 시의 형식을 새롭게 실험하고 탐구하는 작업에서 비롯된다. 시가 '디지털 양식적 특징'과 융합할 때 비로소 '디지털 포엠'의 정체성이 확고해질 수 있다.

　　그렇다면 디지털 포엠이라는 새로운 양식에 대한 실험이 왜 필요한가? 우리 사회에 '디지털'이라는 용어가 대중화된 지도 벌써 30여 년이 흘렀다. 그사이 수많은 디지털 문학이 등장했다. 게시판 소설, 인터넷 소설, 웹소설과 같은 '서사'뿐만 아니라 디카시, 애니메이션 시, 뉴미디어 시, 비주얼 시 등의 '시'까지 다양하게 파생하고 있는 디지털 문학은 이제 하나의 문학 장르로서 연구될 때 그 특성과 미래의 방향성이 구축될 수 있을 것이다. 영토가 확장된 디지털 문학은 이제 재미를 중심으로 인기를 끄는 대중문화를 넘어서 미학을 내재한 예술 장르로 거듭나야 한다. 디지털 문학 중에서 '디지털 포엠'은 시와 융합하는 디지털 매체에 따라 '애니메이션 시', '디지털 영상시', '다카시' 등으로 구분할 수 있다. 시를 표현하는 방법이 문자에서 디지털 매체로 확장됨에 따라 디지털 포엠은 디지털 매체의 특징에 큰 영향을 받는다.

필자는 작년에 『나는 수천 마리처럼 이동했다』, 『미아의 마음만이 나를 바래다 주었다』와 같은 작품집을 통해 디지털 포엠을 출간한 바가 있다. 이 두 권의 책은 디지털 사진과 시를 결합한 형태이므로 출간이 가능했다. 그러나 이번에 출간하는 『초록 코끼리』에서 선보일 디지털 포엠은 디지털 영상과 시를 결합한 형태이므로 사실상 종이로 이루어진 책 출간이 불가능하다. 그럼에도 책 출간을 강행하는 이유는 '디지털 포엠'의 영토가 아직 실험 단계에 있어서 갈래의 정의나 특징, 창작 방법 등이 널리 알려지지 못하거나 낯설기 때문이다. 필자가 이 책을 통해 이루고자 하는 점은 '디지털 포엠'의 갈래가 있음을 알리고 창작 방법과 실험 과정을 공유하는 것이다. 영상을 출판할 수 없으므로 이 책에서 소개된 디지털 포엠은 해당 영상에서 두세 장면만 인용되었다. '틱톡', '인스타그램', '블로그', '유튜브'와 같은 매체에서 '#박유하시인'을 검색해서 계정에 들어오면 디지털 영상을 통한 시를 감상할 수 있다.

　　대중들이 접하기에 시가 어렵다면 시의 활용도 국한될 수밖에 없다. 물론 디지털 매체는 시청각을 활용한 이미지를 통해 시를 전달할 수 있다는 점에서 대중들이 비교적 쉽게 시를 접하고 다가갈 수 있다. 그럼에도 디지털 매체가 다양한 감각을 자극하기 때문에 시의 전달력이 높아진다는 점에만 의존해서는 안 될 것이다. 알고리즘에 의해 수동적으로 디지털 포엠을 접할 수 있는 독자를 위해 디지털 포엠은 기존의 시보다는 전달력이 있는 시를 창작해 내야 하는 과제도 안고 있다. 알고리즘에 의해 디지털 포엠을 숏폼으로 접한 독자는 시에는 관심이 없는데 이미지나 비디오에만 관심이 있는 분, 동물을 좋아하는 분, 자연을 좋아하는 분 등 다양할 것이기 때문이다. 인스타그램, 틱톡, 유튜브와 같은 매체에서 독자는 우연히 디지털 포엠을 접하며 실시간으로 '좋아요'라는 표시를 통해 작가에게 직접 호감을 전달하고 메시지를 남길 수도 있다. 이러한 상호 소통은 작가가 독자의 의견을 다음 작품에서 반영할 수 있다는 점에서 단독적인 주체로서의 창작 활동이 아닌 이중 주체, 다중 주체로서의 창작 활동이 가능할 수 있도록 돕는다. 즉 디지털 기술과 시와의 융합으로서의 '디지털 포엠'은 단순히 문학을 디지털 층위에 옮긴 것이 아니라 우연적 만남으로서의 독서, 독자와 작가와의 수평적 관계, 다중 주체로서의 창작 작품 등의 특징을 동반한 '새로운 갈래'다.

　　이 책에서 소개한 디지털 영상을 통한 디지털 포엠은 '시'를 '디지털 콘텐츠화'하는 작업의 일환이다. 디지털 포엠은 시와 영상의 수준, 시와 영상의 매칭 등의 요소를 통해 예술성을 갖추고 있어야 하지만 숏폼을 통한 디지털 콘텐츠의 성질을 망각해서는 안 된다. 이러한 시도는 시를 누구나 참여하고 경험할 수 있는 디지털 콘텐츠로 전환시켜 '디지털 인문학'을 활성화할 수 있다는 점에 의의가 있다. 물론 교과서를 통해 시를 공부하는 현황을 미루어 비교해 볼 때 이 제안은 충격적이지 않을 수 없다. 그럼에도 수많은 고급 정보가 유튜브, 인스타그램, 틱톡 등의 매체를 통해 디지털 콘텐츠화되는 시대에 시도 순수문학의 형태에서 벗어나 다수에게 다가갈 수 있는 양식이 구현되어야 하지 않을까. 물론 지금의 문자로만 이루어진 시 형식을 반대하는 것은 아니다. 이 책은 시를 디지털 콘텐츠로 생산할 수 있는 '디지털 포엠'이라는 새로운 양식을 제안하기 위함이다. 이러한 시도가 일정 수준의 인문 지식을 갖추고 있어야 향유할 수 있는 시의 난이도를 조절하여 다수에게 시의 감수성, 시의 감동, 시의 효과를 전달하는 방법을 마련하는 데 조금이나마 일조했으면 좋겠다.

디지털 포엠이 낯선 갈래이다 보니, 이로 인해 생겨나는 편견이나 오해로 정당한 이유도 없이 디지털 포엠의 가치가 폄하돼서는 안 될 것이다. 이제 자라나는 아이에게 돌을 던지면 안 되듯이, 디지털 기술이 일상생활을 지배하는 시대에 맞추어 새롭게 탄생한 갈래의 여정을 따뜻한 마음으로 지켜봐 주셨으면 좋겠다.

디지털 영상을 통한 디지털 포엠의 실험 방법과 창작 방향

디지털 포엠은 시를 창작하는 작업뿐만 아니라 디지

털 기술을 통해 시의 감각을 현상화하는 작업이 동반되어야한다. 앞서 소개해 드린 디지털 사진과 시를 결합한『나는 수천 마리처럼 이동했다』,『미아의 마음만이 나를 바래다 주었다』에서는 시를 먼저 쓰고 그것을 바탕으로 디지털 사진을 제작했다. 그러나 디지털 영상과 시를 결합한 디지털 포엠을 작업할 때는 영상이 시에 영향을 주거나 영상을 통해 시가 창작된 경우도 있었다. 이는 필자가 gen2, gen3로 영상을 작업하는 데 있어서 영상이 시 텍스트를 그대로 반영하지 않았기 때문이다. 디지털 사진 같은 경우, 필자의 의도대로 시의 이미지를 제작할 수 있었다. 이에 반해 디지털 영상은 AI가 시의 텍스트를 읽고 영상을 제작해 주므로 영상 제작만큼은 주체가 AI가 된다. 즉 같은 텍스트를 써도 AI가 우연의 조합으로 영상을 출력해 내기 때문에 텍스트가 영상을 좌우할 수 없다. 따라서 '디지털 사진과 시와의 융합'을 통한 디지털 포엠과 '디지털 영상과 시와의 융합'을 통한 디지털 포엠은 서로 다른 성질을 지닌 갈래다. 이는 디지털 포엠의 제작 결과가 '디지털 기술'에 지대한 영향을 많이 받기 때문이다. 따라서 디지털 기술을 활용한 시로서의 '디지털 포엠'은 디지털 기술에 따라 갈래가 구분되어야 한다.

　　　이 책에서 다루는 '디지털 영상과 시와의 융합'을 통한 디지털 포엠을 창작하면서 필자는 '영상과 시를 어떻게 배치해야 하는가', '다중 주체를 어디까지 활용할 수 있는가',

'그림과 같은 타 예술 장르를 활용할 수 있는가' 등과 같은 문제에 집중했다. 그 밖에 시 길이의 장단(長短), 시 전체의 내용을 영상화할 것인지 중요 이미지만 영상화할 것인지, 영상 시간은 어떻게 해야 독자의 반응이 좋은지에 대해 탐색해 보았다.

우선 '영상과 시'의 배치에 대한 문제는 ①영상 속에 시 전문을 넣기 ②영상 속에 제목만 넣기 ③영상 속에 문자를 전혀 넣지 않기 등으로 나누어 살펴보았다. 영상 속에 시 전문을 넣는 방식은 영상에 대한 이해도가 높아지긴 하나 영상과 문자가 동시에 보여 시선이 집중되지 않는다는 단점이 두드러졌다. 따라서 영상 속에는 제목만 넣는 방식이 이해도를 높이는 동시에 시선이 분산되지 않는 가장 적합한 방식이었으며 독자의 반응(좋아요, 팔로우 수)도 좋았다. 영상 속에 문자를 전혀 넣지 않는 방식도 시도해 보았으나 어떠한 영상인지에 대한 이해도가 낮아져 오히려 영상에 대한 집중도가 떨어졌다.

다중 주체를 어디까지 활용할 수 있는가에 대한 실험으로 ①댓글을 읽고 다음 영상에 반영하는 경우 ②다른 작가와 협업해서 영상을 제작하는 경우로 나누어 실행해 보았다. 전자는 영상의 장점이나 단점을 보완하는 정도에 그쳤으며 장단점을 수용하는 여부도 필자에게 달려 있기 때문에 결국 1인 주체로서의 작품이나 다를 바가 없었으나 후자는 시적 스토리에 영향을 주고받는 정도가 커서 다중 주체로서의 작품이 탄생하였다. 다중 주체로서의 작품은 다양한 시각과 필체를 통해 디지털 영상을 제작할 수 있어서 새로운 스타일을 가진 작품이 탄생할 수 있다는 장점이 있지만, 각자가 추구하는 작품의 방향성이나 추구하는 미학이 다른 경우 하나의 작품을 만들기 어렵다는 단점이 있다.

그림과 같은 다른 예술 장르를 활용할 수 있는지에 관한 문제는 화가의 그림을 영상으로 제작해 보는 방식으로 실험해 보았다. 이는 디지털 기술이 현저히 발전하여 어렵지 않게 해낼 수 있었으며 그림뿐만 아니라 사진도 영상으로 만들 수 있는 기술이 갖추어졌기 때문에 디지털 포엠은 다양한 예술 장르 간의 융합이 가능했다.

앞서 출간한 첫 번째 디지털 포엠 서적인『나는 수천 마리처럼 이동했다』에서는 시에서 디지털 사진으로 전환할 수 있는 부분만 발췌해서 디지털 사진과 함께 편집하여 출간하였다. 두 번째 디지털 포엠 서적인『미아의 마음만이 나를 바래다 주었다』에서는 디지털 사진을 고려한 채 시를 창작했지만 디지털 포엠만의 특유한 형식을 갖추었다고 하기에는 미흡했다. 이번『초록 코끼리』에서는 3연 이상인 시, 3연 미만인 시, 한 줄로만 이루어진 시, 제목으로만 이루어진 시 등을 실험하여 독자들의 반응을 살펴보았다. 디지털 영상을 통한 디지털 포엠은 독자에게 '숏폼'으로 제공되기 때문에 짧고 강렬한 이미지와 문구가 적합하기 때문이다. 실험 결과, 시가 지나치게 길지 않는 이상 시의 길이를 떠나 충분히 사유의 지점이 있는 작품에 댓글이나 좋아요 표시로 호응을 보였다. 시에서 전체 내용을 반영할지, 시적인 부분만 반영할지에 대한 고민도 결국 한 편의 영상이 보여 주는 완성도에 따라 좌우되었다. 이로써 시의 길이나 시를 전부 반영한 영상인지에 대한 여부와 상관없이 시와 영상에 대한 질적 수준을 갖추는 것이 독자에게 가장 긍정적인 반응을 얻었다. 단 숏폼으로 보이는 디지털 포엠 영상 안에 시의 제목을 통해 메시지를 전달할 때 영상에 대한 이해도가 높아져 댓글이나 팔로우로 이어지는 경우가 많았다.

필자는 시적 스토리를 기반한 디지털 영상을 1분, 30초, 10~15초 단위로 나누어 제작해 보았다. 인사이트를 활용하여 각 게시물의 통계를 본 결과 아무리 1분 영상을 만들어도 시청 시간 9~10초에 지나지 않았다. 이는 대부분의 숏폼의 형식이 15초, 30초 기반으로 이루어져 있기 때문에 독자들이 그 시간에 익숙해져 있기 때문이 아닐까 하는 추측을 해본다. 따라서 필자는 결국 디지털 포엠도 숏폼에 해당하기 때문에 10~15초에 해당하는 디지털 영상을 제작하는 방향으로 결정하였다.

요컨대 『초록 코끼리』에서는 디지털 영상과 시를 융합한 '디지털 포엠'의 실험 결과를 소개할 예정이다. 필자는 디지털 포엠이 디지털 시대이기 때문에 디지털 기술을 활용한 시를 창작해야 한다는 취지가 아닌, 디지털 기술을 활용할 수밖에 없는 시적인 특징을 살린 시 창작에 중점을 두어야 한다. 즉 '디지털 영상을 활용할 수밖에 없는 시적인 특징'이 무엇인지 고민할 때 디지털 포엠으로서의 의의가 살아날 수 있다. 영상으로밖에 시적인 효과를 줄 수 없는 지점은 현실 층위에서 볼 수 없는 이미지와 들을 수 없는 소리를 극대화함으로써 현실 이면의 본질을 생생하게 들추어내는 데 있다. 아무리 언어로 묘사해도 감각화하기 힘든 현상을 직접 보여줌으로써 영상은 각자에게 새로운 영감을 불러일으킨다. 책 구성은 ①작품 소개(중요 디지털 영상 장면 소개) ②작품에 대한 단상 노트 ③작품에 대한 형식적 특징으로 이루어질 예정이다.

　　　디지털 포엠을 감상하기 전에 반드시 짚고 넘어가야 할 점은 디지털 포엠을 제작하는 데 있어서 '시'는 요소에 불과하다는 점이다. 굳이 비유하자면 디지털 포엠을 제작하는 데 있어서 시는 '시나리오'와 같은 역할을 한다. 시는 어떤 오브제를 사진이나 영상에 드러내고 어떠한 장면을 연출해야 하는지에 대한 전반적인 안내를 제공하며 이에 따라 사진이나 영상이 제작되는 과정에서 시가 역으로 수정될 수도 있다. 이처럼 시와 사진, 시와 영상은 서로 영향을 주며 '디지털 포엠'이라는 열린 전체를 생성한다.

아직은 디지털 포엠의 형식이 자리 잡혀 있지 않기 때문에 자유로운 시도를 할 수 있는 반면 완성도 면에서 실패한 작품들도 있을 수밖에 없었다. 그럼에도 많은 분들이 디지털 포엠의 발전 가능성을 믿고 지속적으로 관심을 두었으면 좋겠다. 디지털 문학은 한국에만 국한된 문제가 아니라 전 세계가 주목하고 있는 신생 갈래다. 그만큼 디지털 포엠을 실험하는 데 많은 작가가 동참할 때 이러한 흐름이 또 다른 K-문화로서 자리매김할 수 있지 않을까.

차 례

두더지

빨래들이 휘날린다 두, 두더지가 나온다
허공을 파다가 기어코 발견되는 두더지

아무 일도 일어나지 않았는데 무슨 일이 일어난 것처럼
두더지가 멈추어 서자 빨래들은 다시 가라앉고

"나무가 죽었는데 어떻게 잎이 살아 있죠"
두더지는 죽은 나무 뒤에서 다시 장난을 치듯 허공을 판다

이윽고 더욱 몸집이 커진 두더지는
까만 눈으로 나를 응시하는 것이다

두더지가 스며든다 눈이 빛을 잃자 허공을 내어 준다
두더지는 느린 공격력으로 꾸준히 내 안으로 파고든다, 파고
들다가

두더지 떼를 이루고야 만다
나는 낯선 이와 영문도 모른 채 두더지 굴로 이어져 있다
나의 두더지들 중에는 더러 갈색 털이 따뜻하게 자라나기 시작
하는 귀여운 놈도 있다고 자랑하면서

우리는 빈손을 서로에게 내밀지 못했다

어두운 곳에 있으면 왠지 두더지가 말을 걸어 줄 것만 같다.
나는 두더지의 친절을 자주 상상한다.
그들은 내가 열심히 살아도 아무 일도 일어나지 않는 일상에서
혹은 혼자 곰곰이 외로워질 때
느린 공격력처럼 마음속으로 파고든다.

영상 시간

1분 24초

영상과 시 배치

영상과 시를 분리하여 제작했다.

영상 내용

시 전체의 내용을 축지적으로 따라갔다.

영상 프로그램

gen2

영상 제작 방법

포토샵으로 시의 장면이 담긴 사진을 제작하여 gen2로 영상을 만들었다.

작품 특징

디지털 영상을 통해 처음 만든 디지털 포엠이다. 왜 영상으로 표현해야 하는
지에 대한 고민과 개념이 잡혀 있지 않았을 때 만든 작품인지라 한계가 많다.
우선 디지털 포엠이 숏폼으로 제공되는 것을 감안하면 이 작품은 영상 시간
이 비교적 길고 난해하다. 그럼에도 날아다니는 두더지를 만들고 눈 속에 숨
어 사는 두더지를 영상화했다는 점에서 재미를 발견할 수 있을 것이다.

몰입

몰입

식은 커피를 마시는 순간 철렁 내려앉았다.

커피는 식어 가면서 끊임없이 확장되고 있었던 것이다

식어 가는 커피에 입을 대면

자주 입술을 잃곤 한다

온기가 방향이었다는 듯이

입술을 잃은 얼굴은 왠지 물고기를 닮았다

애써 물의 감각을 기억하기 위해 지느러미를 흔들어 보는 미간

치솟아 오르는 눈동자가 보고 있는 당신의 순간

커피가 차가워질수록 표정은 어느새 끓는점에 도달하고 있었다

식었다는 건 온도만의 이야기가 될 수 없다.

식은 순간, 기억이 재편집되고 삶의 에너지가 다르고 그날의 공기가 달라진다.

식는다는 건 다른 존재가 되어 가는 과정이다.

영상 시간

26초

영상과 시 배치

영상과 시를 분리하여 제작했다.

영상 내용

시 전체의 내용을 축자적으로 따라갔다.

영상 프로그램

gen2

영상 제작 방법

포토샵으로 시의 장면이 담긴 사진을 제작하여 gen2로 영상화했다.

작품 특징

사람의 얼굴에 물고기 이미지를 덧입혔다. 영상 시간도 길고 해상도도 낮지만 왜 디지털 영상으로 시를 구현해야 하는지에 대한 답을 내리기 위해 꾸준히 시도하는 과정에서 나온 작품이니 따뜻하게 봐주셨으면 좋겠다. 사람의 얼굴을 물고기화했다는 점에서 재미있는 이미지를 발견할 수 있다.

고양이를 먹은 날

고양이를 먹은 날

유독 그날, 골목을 따라 스며드는 고양이가 먹고 싶었다
나는 살금살금 고양이를 따라갔고
고양이는 막다른 골목에서 날카로운 이빨을 드러냈다

"그런 표정이었지"
나는 고양이를 음미하겠다는 듯이 기다란 골목이 되었고
고양이는 내 안으로 스며들었다

나는 고양이를 소화할 수 있을 때까지 미로의 미로를 만들다가
한없이 가늘어지고 있었다
자신의 발걸음보다 가느다란 길 위를 조심조심 밟고 가는 고양이
어쩌면 나는 고양이의 상상인 것처럼

꼬리를 올리고 높은 담장을 걸어가듯이
고양이는 내가 사라지도록 스며들고 스며든다

길을 전부 내어 준 나는 어느덧 공터로 발견되었다
고양이가 없는데 급작스레 고양이가 아파 왔다가

고양이가 나은 날에는
다시 고양이가 먹고 싶었다

절대 소화할 수 없는 허기가 있다.

그 허기는 가끔 야옹, 소리를 내며 나를 응시한다.

그것을 따라가면 좁은 골목에서 놓친 고양이처럼

막다른 절망과 마주하게 된다.

잠시 허기가 사라진 순간, 비로소 나는 고양이가 놓칠 수 있는

자신감을 얻기도 한다.

영상 시간

　52초

영상과 시 배치

　영상과 시를 분리하여 제작했다.

영상 내용

　시 전체의 내용을 축자적으로 따라갔다.

영상 프로그램

　gen2

영상 제작 방법

　포토샵으로 시의 장면이 담긴 사진을 제작하여 gen2로 영상화했다.

작품 특징

　포토샵으로 만든 사진이 여러 개인 만큼, 사진의 크기가 달라 영상의 크기도 다
르다. 고양이가 골목으로 스며드는 장면을 영상으로 표현한 점을 재미있게 감상
할 수 있다.

승리자

손가락 없이 태어난 아버지와 나는
손을 펼 때마다 손가락이 자라났다

승리자

손가락 없이 태어난 아버지와 나는
손을 펼 때마다 손가락이 자라났다

손을 편다는 건 새가 부드럽게 착지해도 흔들리는 가지처럼
끝끝내 요동치는 손끝을 앓는 일이라고
아버지는 주먹손에 힘을 주며 일러 주었다

비로소 내가 가위바위보를 할 수 있을 때 아버지는 실종됐다
"가위, 바위, 보"
아버지, 저는 이제 아버지와 비길 수 있을 것 같은데

나의 첫 애인은 내가 '보'를 냈는지 알아보는 난쟁이였다
그는 내가 '보'를 내면 자신의 이마를 나의 이마에 갖다 댔다

나의 앉은키와 같은 그와 있으면
내가 앉아 있어도 서 있는 것 같았다

차마 이마를 떼지 못한 건
네가 내 인생에서 가장 평온했기 때문이다
"편하면 모조리 실종된 것 같아, 나까지도"

그래서 우리는 서로를 위해 기도하지 말자, 저주하자

"주먹손"

"난쟁이"

웃음 코드가 맞으면 웃으며 울 줄 안다

자신 있게 주먹을 내밀었다
'보'라고 우기면서, 이마를 갖다 대고

결투하듯이

사랑은 결투하듯이 해야 한다는 입장이다.

서로 적이 되어 피 터지도록 싸우고
패배하고 승리하기를 반복하면서

이 모든 것을 유머로 넘길 수 있어야 한다.

영상 시간

　1분 29초

영상과 시 배치

　시를 자막으로 처리하여 영상과 같이 제작했다.

영상 내용

　시 전체의 내용을 축자적으로 따라갔다.

영상 프로그램

　gen2

영상 제작 방법

　포토샵으로 시의 장면이 담긴 사진을 제작하여 gen2로 영상화했다.

작품 특징

　처음으로 시를 자막 처리하여 영상과 같이 감상할 수 있게 제작한 작품이다. 자막으로 된 시를 읽으면서 영상을 보는 과정에서 시선이 분산될 뿐만 아니라, 시를 이해하기 위한 시간을 주기 위해 영상이 길어진다는 단점이 있었다. 자막과 영상 사이의 거리가 멀어서 자막의 위치를 지적한 독자도 있었다. 인사이트 통계자료를 볼 때 디지털 포엠은 10~15초 숏폼으로 제작되어야 독자가 끝까지 완독하는 가능성이 높았으며 이렇게 긴 영상을 올리면 15초 이내만 보고 끝낼 가능성이 높다. 그럼에도 자막을 통해 시와 영상을 하나로 만들었다는 첫 번째 시도라는 점에서 의의가 있지 않을까.

붉은 눈의 숲

유령을 쥐고 초록의 넝쿨에 갇긴 여인의 벌린 가랑이 사이로
나를 삼키려는 마지막 눈이 있다

붉은 눈의 숲

*아은 시인의 작품

그러니까

이 숲에는 붉은 눈이 있고 타들어 가는 눈동자가 있고 눈동자
를 핥으며 얼굴을 감추는 여인이 있다 마지막 빛은 남아 있다

무더기로 쌓이는 그림자와 무더기의 무게에 눌려 떨어지는 꽃
잎이 있다 떨어진 이파리들은 모두 붉은 눈

쓸모없는 것들이 다른 눈들과 함께 쌓이고 어둠이 내려야 할
길목엔 오늘을 몰수하겠다는 새의 날개만 있다

죽다 살아난 얼굴이 있고 검은 머리카락 사이로 재가 된 눈시
울이 있고 일렁이다 눈감아 버린 관능이 있다

잇자국처럼 자줏빛 얼룩과 백색소음이 있고 무참히 흩어지려
는 싸리꽃 아우성이 있다

유령을 쥐고 초록의 넝쿨에 감긴 여인의 벌린 가랑이 사이로
나를 삼키려는 마지막 눈이 있다

붉디붉은 눈이

영상 시간

29초

영상과 시 배치

시의 부분을 자막으로 처리하여 영상과 같이 제작했다.

영상 내용

아은 시인이 그린 그림을 움직이게 하여 영상화했다.

영상 프로그램

gen2

영상 제작 방법

gen2를 활용해 그림을 영상으로 만들었다.

작품 특징

시를 자막 처리하여 영상과 같이 감상할 수 있게 제작한 작품이다. 그림(원본)이 매우 동적인 매력을 갖고 있다. 화려하고 강렬해서 이목을 끄는 그림을 또 한 번 움직이게 함으로써 영상에서 숲의 정령들이 그림에서 튀어나올 것 같은 느낌이 강하게 들었다. 이는 그림을 영상화하고 그것을 시와 융합시키는 실험의 결과로, 시-그림-영상의 상호작용을 경험할 수 있는 작품이다.

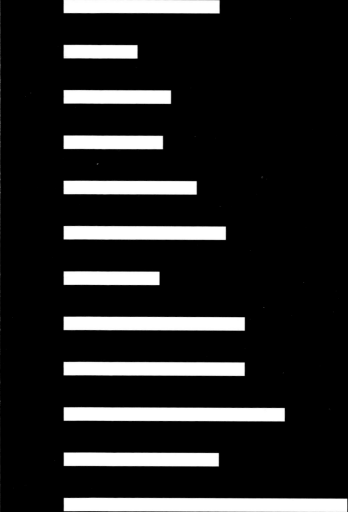

발 없는 고양이

발이 눈송이인 고양이를 보았어

녹아 드는 발로

살금살금 걷는 고양이

고양이가 걷는 길은

다시 고양이를 향해 있어서

고양이는 오래 멈추어 있기 위해

걷는 것처럼 보였지

고양이의 발소리를 듣는 귀가 없어서

나는 어느덧 함박눈으로 펄펄 내렸어

그해 겨울에는 발자국을 묘하게 닮은 구름이

야옹 야옹 입모양같이 흘러갔고

새 떼만이 고양이를 삼킨 하늘의 허밍 속으로 사라져 갔지

나에게 거의 다가오는 순간, 사라져 버리고 마는 감정이 있다.

그러한 순간은 느낌으로 남는다.

당신을 사랑한다고 믿기 전에 당신이 사라지고

새라고 믿기 전에 새는 하늘에 없다.

나는 언제나 느려서 온통 세계가 느낌이다.

그리고 그러한 발자취를 만지작거리며 과거를 상상하는 일을 시라고 믿는다.

영상 시간
　1분 9초

영상과 시 배치
　시를 자막 처리하여 영상과 같이 제작했다.

영상 내용
　시 전체의 내용을 축자적으로 따라갔다.

영상 프로그램
　gen2

영상 제작 방법
　포토샵으로 시의 장면이 담긴 사진을 제작하여 gen2로 영상화했다.

작품 특징
　시를 자막 처리하여 영상과 같이 감상할 수 있게 제작한 작품이다. 영상 안에 글씨를 넣어서 시선이 분열되지 않는다는 장점도 있지만 글씨가 잘 보이지 않아 가독성이 떨어진다는 단점이 컸다.

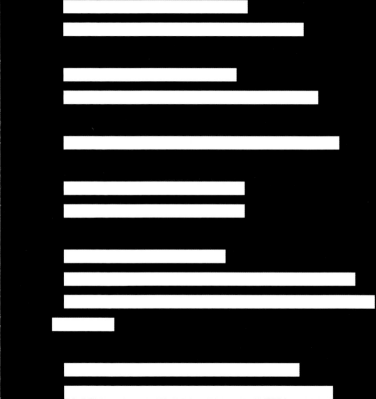

손이 새가 되는 기억

길을 걷다 보면 어느새 손이 사라지고
나는 손의 빈자리를 주섬주섬 호주머니에 넣는다

손을 폈다 쥐었다 하는 상상을 하면
손은 새와 같은 몸짓으로 호주머니 속을 날아다닌다

호주머니 속은 손을 잃어 본 자만이 깊숙이 헤맬 수 있다

이러한 방황은 결코 추락하지 않는다
애초부터 손의 무게가 없기 때문이다

다만 호주머니 속을 뒤집어 보면
사라진 손짓 주변을 맴돌던 먼지들이 길고 느리게 이어진다
꼬리의 꼬리를 물고 호주머니 속 어둠을 기어코 바깥으로 끄집
어 낼 때까지

손이 지나간 여정이 몸으로 한꺼번에 밀려올 때
깜박이는 오른쪽 눈만 겨우 오른쪽 눈이었던 적이 있다

햇빛 알레르기를 앓았던 나는 햇볕이 없는 곳으로 대피하는 일상을 살았던 적이 있다.

최대한 햇빛이 없는 곳으로 도망치다가 결국 나는 내가 상상한 어둠을 방으로 만들었다.

나는 어두운 방에서 글을 읽고 글도 썼다.

가끔 무례한 타자가 와서 환기를 목적으로 커튼을 치우고 창문을 열면 피부가 타들어 갈 것 같았다.

그들이 하는 환기는 매번 나를 죽였다.

그 순간에도 먼지만이 길고 길게, 나와 어둠의 기억을 나누며 공명했다.

영상 시간

    31초

영상과 시 배치

    영상에 제목만 넣고 시를 따로 분리했다.

영상 내용

    손이 움직이다가 새가 되어 가는 과정에 집중했다.

영상 프로그램

    gen2

영상 제작 방법

    포토샵으로 시의 장면이 담긴 사진을 제작하여 gen2로 영상화했다.

작품 특징

    제목은 영상 처음 부분에 나타났다가 사라지게 했다. 시 전문과 영상을 분리하여 제작했다. 잘린 손이 징그럽거나 무섭다는 독자들이 많이 있었지만, 손이 새가 되는 과정을 영상화했다는 점에서 디지털 영상만이 보여 줄 수 있는 시적인 의의가 있다.

여름 대신 바나나

▲ 08

여름 대신 바나나

▲ 08

여름 대신 바나나

▲ 08

▲ 08

여름 대신 바나나

그해, 우리에게는 여름 대신 바나나가 왔다

바나나가 한없이 떨어지다가 결국 바나나 폭우가 내렸다
너무나 달콤해서 질척이는 바나나적인 폭염

우리는 이 계절의 푸름이 노랗게 익어 가다가
갈변할 때까지 숨을 참으며

우리의 눈과 눈 사이를 오가는 무더위 속을
가로지르는 흰 구름, 또 흰 구름을 바라보았다

저녁이 되면 혀가 달콤해서 배가 불렀다
네가 속삭일 때마다 풍기는 바나나 향이 가득 내리쫴서

우리는 종일 누워 있었다
바람 한 점 없는 바나나가 무료해질 때까지

벌레들의 번식력이 바나나 껍질과 함께 범람했다
단내 나는 이 계절이 유난히 오래가는 이상기후에 대해

일기예보는 여전히 친절했다
지구가 멸망하지 않을 만큼만 바나나는 노랗게 익어 갔으니까

열정적인 바나나.

왜 바나나에게 열정이라는 단어가 어울리는지 모르겠다.

무르고 약한 바나나가 뿜는 바나나만의 에너지는 강렬하다.

그리고 어느 날 첫사랑과 닮은 바나나를 본 적이 있다.

이를 어떡하지. 온통 바나나적인 세계에 둘러싸여

나는 바나나에게 멸망될 뻔했다.

영상 시간

53초

영상과 시 배치

영상에 제목만 넣고 시를 따로 분리했다.

영상 내용

시 전체의 내용에서 '바나나로 인한 폭염'에 중점을 두고 영상을 제작했다.

영상 프로그램

gen2

영상 제작 방법

포토샵으로 시의 장면이 담긴 사진을 제작하여 gen2로 영상화했다.

작품 특징

바나나가 녹아 흐르는 시각적 효과를 재미있게 감상할 수 있는 작품이다.

그날 이후 털이 온몸에 자라나기 시작했다

그날 이후 털이 온몸에 자라나기 시작했다

그날 이후 털이 온몸에 자라나기 시작했다
사람들은 나를 부드럽게 쓰다듬다가 이내 떠나곤 했다

정신을 차려 보면 손길에 취해 잠이 들었다가
낯선 의자에서 깨어나기도 하였다

나는 나를 찾아내느라 자주 두리번거렸다

면도를 하고 핀셋으로 털을 뽑아
반들반들한 나를 회복한 날에는

사람들이 나를 알아보지 못했다

어느덧 나는 나의 숨결을 간지러워하는 사람에게만
털을 들킬 줄 안다

그러다 눈이 무르면 온통 북슬북슬한 털북숭이인 채로
지나가는 사람들에게 배를 보이는 것이다

불현듯 누구보다 사랑받고 싶은 날이 있다.
사랑받고 싶어서 나 같지 않은 행동들을 해보고 싶은 날.

남들이 나를 못 알아볼 때까지 사랑스러워졌는데
남들이 나를 못 알아봐서 사랑을 받지 못하는 날.

이런 날을 경험하면, 나는 내가 믿고 있는 나를 사랑받게 해주고 싶다는
욕망이 있을 뿐이라는 생각이 든다.

사랑받는 게 중요한 게 아니라
내가 나라고 믿는 가장 불쌍한 나를 구원해 주고 싶은 마음이구나.

나에 대한 동정심이었구나.

영상 시간

12초

영상과 시 배치

영상에 제목만 넣고 시를 따로 분리했다.

영상 내용

시 전체의 내용에서 '털로 전신이 뒤덮이는 모습'에 중점을 두고 영상을 제작했다.

영상 프로그램

gen2

영상 제작 방법

포토샵으로 시의 장면이 담긴 사진을 제작하여 gen2로 영상화했다.

작품 특징

이 디지털 영상은 한 여성의 몸이 털로 덮이는 장면만 묘사했다. 시의 부분만 묘사하여 영상 시간이 짧다. 이로 인해 영상을 끝까지 시청하는 독자들이 많았지만 영상 자체의 완성도가 떨어져서 털로 덮인 여성이 마치 모피 옷을 뒤집어쓴 여성처럼 보이기도 하는 아쉬움이 있다.

사하므아

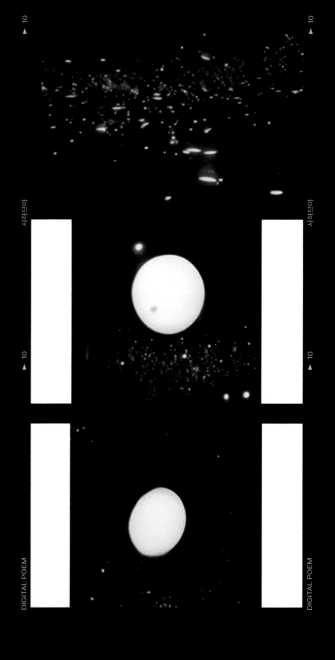

사하므아

불 꺼진 등 안에서 잔류로 번득이는 무른 빛은
마음을 갖고 있다는 듯이 춤을 추다가 지쳐 사라지고

그들이 사라진 무대는 마지막 정거장처럼 기어코 도착한다

나는 무른 빛의 심장 소리에 귀를 기울이다 밤의 팔 할을 보내고
가까스로 잠에 가까운 밤을 맞이했다

새파란 잠이 암막 커튼이 쳐진 방과
흔들리는 창문 소리의 차가운 속을 비집고 날아다닌다

나의 불면은 잎 하나가 전부인 숲이었다

울창하게 가냘픈 숲이 저물어 가는 계절은
빛이 무르는 사하므아
사하므아가 오면 세상의 모든 당신은
불 꺼진 형광등 같은 대지에서 무르게 피어오르고

무른 빛이 쏟아지는 자정에 누워
나는 눅진한 명암이 잎맥처럼 자라나는 사하므아의 풍요로움
을 즐기곤 하지

울창하게 가냘픈 숲에 잠겨 죽어 가는 나를
깨어난 나로 발견하는 반복으로

사하므아는 다시 왔다 다시 가고

나에게 기생하는 계절을 알려 주고 간
세상의 모든 당신

너를 만난 이후 나는 일정량의 빛을 체온처럼 갖고 산다.

오직 이 빛의 기후 속에서만 너를 잃지 않을 수 있다.

너는 예민하고 감미로운 식물이다.

오롯이 하나의 잎만 피우는.

영상 시간

    12초

영상과 시 배치

    영상에 제목만 넣고 시를 따로 분리했다.

영상 내용

    시 전체의 내용에서 '사하므아'의 빛에 중점을 두고 영상을 제작했다.

영상 프로그램

    gen2

영상 제작 방법

    포토샵으로 시의 장면이 담긴 사진을 제작하여 gen2로 영상화했다.

작품 특징

    모호한 빛의 농도로 이루어진 '사하므아'를 이미지로 묘사했다. 이 세상에 없는 장소를 이미지화했다는 점에서 독자들이 재미를 느꼈으면 좋겠다.

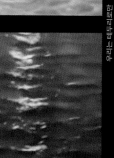

우리는 테두리로만

할머니 댁에는 한 번도 열어 보지 못한 옷장이 있었다

옷장은 자물쇠로 잠겨 있었는데 그 앞에만 서면 사람들은 그 안에 있는 것이 탐나는 귀신처럼 서성거리곤 했다

그리고 옷장은 조금씩 움직였다
다음 해, 그다음 해가 지나가도록 봄이 이르게 오거나 느리게 사라진 만큼 옷장이 움직였다는 사실은 우리만의 비밀이었고

어느덧 나는 내가 잠자는 동안에도 옷장과 같은 방향으로 나를 이동시키는 일종의 자기장을 느꼈다

우리는 아무도 모르게 나아갔다 옷장은 오래된 나무 냄새 같은 뼈를 불쑥 내밀었고 자신의 가장 앙상한 부분을 내보이는 장롱에게 나는 나의 눈빛에서 끝내 빛이 될 수 없었던 옅은 안개를 일부러 들켰다 이러한 교환이 어떻게 작은 걸음이 되고 왜 봄이 이르게 오거나 느리게 사라진 만큼의 이동으로밖에 드러나지 않는지 궁금했지만

우리는 더디고도 깊게 늙어 갔다 먼지가 수북이 쌓이는 동안 우리가 같이 이곳에 있었다는 감각이 테두리처럼 밀려났다

테두리만 남기기 위해
손잡이에 매달린 채 표정이 없는 승객이 되고

죽은 나무가 여전히 심어진 화분을 남겨 두면서

우리는 봄이 이르게 오거나 느리게 사라진 만큼 꾸준히 이동하기를 멈추지 않았다

투명한 유리창의 물때처럼 증발해야만 드러나는 테두리만이 우리의 언어였다

이제 정지한 모습을 믿지 않는다.

이 세상에 존재하는 한 오직 신만이 정지할 수 있다.

정지할 수 없는 것들과 느릿하게 정지하듯 살아가다가

최선의 테두리를 남기고 홀홀 떠나갈 것.

영상 시간

    26초

영상과 시 배치

    영상에 제목만 넣고 시를 따로 분리했다.

영상 내용

    시 전체의 내용에서 '옷장이 움직이는 이미지'에 중점을 두고 영상을 제작했다.

영상 프로그램

    gen2

영상 제작 방법

    포토샵으로 시의 장면이 담긴 사진을 제작하여 gen2로 영상화했다.

작품 특징

    포토샵으로 만든 사진을 영상으로 제작하는 과정에서 우연적으로 발생한 이미지들이 출몰하기도 하였다. 그럼에도 옷장이 흘러가는 이미지를 시각화했다는 점에서 재미를 느낄 수 있는 작품이다.

새 그림자

그 새는 그림자로만 날아왔네

나는 발로 땅에 테두리를 그리고
그 새를 소유하고 싶었네

해가 지고 그 새는 사라지고
잠이 든 나는 꿈에서도 그 새와 논 것처럼 무릎을 안고 깨어났네

차가운 하루의 모든 서사가 무릎에서 나올 것 같았지
그 새가 남겨 놓은 빈 땅과 유사한 표정을 지을 줄 아는 무릎은
잔나무 한 그루 키워 냈을 법한 과거를 지닌 것처럼 고고했고

무릎의 이방인이 될 때까지 나는 훨훨 날았네
온 세상이 발로 그린 테두리 안인 것처럼

날개 그림자는 파닥일수록 땅 위에서 반짝거렸네

나는 슬플 때 무릎을 끌어안는다.

무릎에 대한 이방인으로 떠나 있다가

귀향하는 마음으로, 새처럼 내려앉듯이.

영상 시간

13초

영상과 시 배치

영상에 제목만 넣고 시를 따로 분리했다.

영상 내용

"그 새는 그림자로만 날아왔네" 시구에 집중해서 새 그림자를 영상화했다.

영상 프로그램

gen2, video collage.

영상 제작 방법

포토샵으로 시의 장면이 담긴 사진을 제작하여 gen2로 영상화했다.

작품 특징

영상을 이어 붙이지 않고 세 개의 분할 영상을 하나의 영상으로 합쳐서 만들어 본 작품이다. 이렇게 했을 때 이미지들의 시간이 순차적인 것이 아닌 동시적인 것으로 변하여 순간을 포착한 영상이 가능하다. 다양한 영상을 합쳐서 만드는 앱으로 'video collage'를 활용했다. 'video collage'는 순간을 묘사하는 다양한 영상들을 콜라주할 수 있는 앱이다.

브나브

브나브

너를 만난 후면 집에 돌아오는 내내
비가 상공에 멈추어 허공을 떠돌았다.

오랫동안 내리지 못한 비는 허공에 영토를 이루고
착지하지 못하는 새나 영원히 흘러 다니는 바람과 함께
사라지지 않는 힘을 고양시켰다

나는 그 영토에게 '브나브'라는 이름을 지어 주고
그곳에 사는 동물처럼 굽은 등이 무거워졌다
브나브에 적합한 몸을 가늠하듯이

브나브,

가라앉기 위해 발버둥 칠수록 떠오르는 몸짓들이 수없이 파닥
이는 브나브를 멀리서 바라보면
철새 떼처럼 보이기도 해서

브나브는 계절과 계절 사이의 시린 코랄빛 하늘에서 자주 발견
된다

철새와 브나브가 헷갈리던 시기에
나는 상공을 삼킨 것처럼 브나브를 앓았다

바람과 불이 섞인 몸짓이 수없이 파닥이며 벅차오르는 재해를

해석하기 위해
  사춘기가 남들보다 오래간다는 말을 자주 들었지만

  브나브는 브나브였던 것
  내릴 수 없는 비가 내리고 있다고 믿어 보는 것

더러 마음에 사라지지 않는 응어리를 남기고 가는 사람들이 있다.

나는 응어리 안에서 옹알이 같은 슬픔을 자주 읊다가 잠자리에 든다.

잠에서 깨어나면 응어리는 사라졌지만 그곳에 서식했던 느낌은 지울 수 없다.

그곳의 주민이었던 느낌은 현실을 현실감으로만 믿게 만든다.

영상 시간

　18초

영상과 시 배치

　영상과 시를 따로 분리했다.

영상 내용

　착지하지 못하는 새나 영원히 흘러 다니는 바람과 함께 사라지지 않는 영토, '브나브'의 이미지를 보여 주는 데 집중하였다.

영상 프로그램

　gen2

영상 제작 방법

　포토샵으로 시의 장면이 담긴 사진을 제작하여 gen2로 영상화했다.

작품 특징

　응어리와 같은 영토를 어떻게 형상화할까 고민하다가 바다 위에 만들어 보았다. 다양한 사진을 영상화하여 만들어서 장면마다 영상의 크기가 다르지만 '브나브'라는 영토가 어떻게 생겼는지 궁금한 독자들은 영상을 참조하길 바란다.

청년a

청년a

청년a

DIGITAL POEM

DIGITAL POEM

청년a

그의 말소리는 다른 사람들이 알아들을 수 없을 정도로 점점 작아졌고

그러한 그가 말을 할수록 새파란 허공이 무성하게 생식했다

내가 풀어 준 새는 결국 그의 허공을 발견하지 못했다

누구를 위한 녹음이었을까

비가 내려도 젖지 않는 잎을 피우면서

바람 없이 휘날릴 줄 아는 식물적인 그의 표정은

이 시는 나에게 디지털 포엠을 접할 수 있도록 소개해 주신 분을 모티브로 썼다.

내가 힘들어할 때마다 항상 도통하신 말씀을 해주셔서

아직 어린 나는 그런 깨달음이 허공처럼 느껴질 때가 있다.

그리고 점점 그것을 알아 가면서

그게 허공이 아니라 녹음이었음을 알게 되는 순간이 오기도 한다.

영상 시간
　24초
영상과 시 배치
　영상과 시를 따로 분리했다.
영상 내용
　녹음이 허공이라면 어떤 느낌이 들까, 고민하다가 나무를 구름처럼 표현했다.
영상 프로그램
　gen2
영상 제작 방법
　포토샵으로 시의 장면이 담긴 사진을 제작하여 gen2로 영상화했다.
작품 특징
　녹음(綠陰)적인 허공을 표현하기 위해 나무를 구름처럼 이미지화했다. 디지털 영상을 통한 디지털 포엠은 현실에서 볼 수 없는 느낌을 시각화할 수 있다는 특징이 있기 때문에 초현실적으로 보일 수 있다.

나비를 날리는 동네

내가 살던 동네에는 스스로 날 수 있는 나비가 없어서
나비를 보면 살며시 날개를 잡고 구름 가까이 날려 보내야 했지

나비를 발견하면 나비를 날려 보내야 하는 아이들이 안개처럼
몰려오면

만날 수 있었지, 내가 살던 동네에만 있었던
당신이란 이상기후

오래된 립스틱을 바르면 나비의 날개 냄새가 난다
당신의 눈은 결코 나를 바라보지 않았지만
당신의 표정은 분명 나를 드러냈던 기후 속에서

나는 수많은 아이들로 흩어져서
여전히 숨은 나비를 찾고 있지

그해 가장 많은 나비가 허공을 떠도는 날에는
숨을 오래 참아 만든 어둠이
삼 초, 사 초, 오 초

아직 나비가 날 수 있어서
육 초, 칠 초, 팔 초

결국 나는 결국 숨을 들이쉬면서

나비가 부서지는 밤을 견뎠지

내가 살던 동네에는 스스로 날 수 있는 나비가 없어서

당신을 만나고 이상기후를 경험했다.

현재가 온통 미래 같아서

나는 공중 부양하듯이 현실감을 헤매다가 결국 나비가 되었다.

날개가 찢겨도 당신을 사랑하는 아이 같은 마음이 어느새 나를 재생시켰다.

나는 수천 마리 나비처럼 당신 속에 살았다.

영상 시간
　　30초
영상과 시 배치
　　영상과 시를 따로 분리했다.
영상 내용
　　축자적으로 시의 내용을 따라가되 '나비를 쫓는 모습'을 중점에 두고 영상을 만들었다.
영상 프로그램
　　gen3
영상 제작 방법
　　포토샵 한 사진을 만들어 영상을 만들기도 하고 텍스트로 영상을 만들어 편집하기도 했다.
작품 특징
　　순수하게 나비를 쫓는 모습과 나비가 부서지는 모습을 같이 영상화했다.

유령

지난해 유월 한쪽 날개가 찢어진 나비가
흉부 속으로 들어앉았다

희고 푸른 날개를 파닥이다가
불꽃으로 피어오르는 묘기를 보이면서

나는 비닐하우스처럼 타들어 가다
흔적 없이 사라질 것 같아서 자주 숨을 참았다

"같이 질식하자"

나비는 한쪽 날개로 희미하게 웃어 보였다
까만 무늬를 건치처럼 드러내 보이며

찬란한 아침 햇살 속에서 눈을 떴다
흉부 속 나비가 사라진 것을 감지하고서야
비로소 내가 죽은 사실을 받아들일 수 있었다

흉부가 빈 얼굴처럼 이곳을 거듭 떠돌아다녔다
나는 신들린 듯이 흉부를 쫓고 쫓았다

이곳을 떠나지 못하고
유령으로 살아남은 내가 하나둘 무리를 지어
구름 한 점 없는 회색 하늘의 충만함을 보여 주기도 하였다

장마철에는 그들에 대한 답변처럼 자주 눈이 감겼다

나비가 나의 생존을 증명할 때가 있다.

그만큼 나비를 사랑한 적이 있다.

영상 시간

　30초

영상과 시 배치

　영상과 시를 따로 분리했다.

영상 내용

　흉부 속에 들어와 흉부 속에서 사라지는 나비의 모습을 표현했다.

영상 프로그램

　gen2

영상 제작 방법

　포토샵으로 시의 장면이 담긴 사진을 제작하여 gen2로 영상화했다.

작품 특징

　나비가 타들어 가는 모습을 잘 보여 주고 싶었지만 아쉬운 부분이 있다. 그럼에
　도 흉부에 잠시 머물다 사라진 나비를 공유하고 싶었다.

초록 똥파리

꽁꽁 숨겨 둔 것들은 까맣게 굳어 썩어 가다가 어느덧 날개를 얻어 초록 똥파리로 태어나곤 한다

햇빛에 반사될수록 초록이 빛나는 초록 똥파리를
투명 플라스틱 뚜껑에 가두어 놓은 적이 있다

"저게 뭐야?"
"응, 아까 잠시 창문을 열어 놓았더니 들어왔나 봐"

나와 전혀 상관없다는 듯이 초록 똥파리에 대해 이야기할수록
나는 초록 똥파리가 되어 가는 것 같았다

초록 똥파리가 투명 플라스틱 뚜껑 안을 맴맴 돌자
이곳이 점점 어지러워졌다

그 순간 친구는 투명 플라스틱 뚜껑을 열어 초록 똥파리를 때려죽여서는 파리채 끝으로 슬슬 주검을 들어 휙 창문 밖으로 던져 버린다

그런데 여전히 초록 똥파리가 우리 사이를 돌고 있다
치울 수 없는 바위 같은 무게감을 지닌 채

여기저기 부산하게 돌아다니며 너무나 가벼운 비행을 해내고 있는 것이다

끊임없이 내 주변을 맴돌며 사라지지 않는 초록 똥파리가 있다.

그것은 절대 나를 해치지 못하면서 나의 정신을 뺏어 간다.

초록 똥파리를 죽일 수 있어도 없앨 수 없다.

영상 시간

　30초

영상과 시 배치

　영상과 시를 따로 분리했다.

영상 내용

　초록 똥파리의 탄생과 비행에 중점을 두고 영상을 만들었다.

영상 프로그램

　gen3

영상 제작 방법

　포토샵 한 사진으로 영상을 만들거나 텍스트로 영상을 만들었다.

작품 특징

　초록 똥파리를 어떻게 이미지화할까, 어떤 이미지로 영상에 담을까 고민을 했지만 결국 다양한 초록 똥파리의 모습을 담기로 결정했다. 세상에 완전히 똑같은 존재는 없으니까.

은박지가 우수수 쏟아지는 밤에

은박지가 우수수 쏟아지는 밤에

DIGITAL POEM

DIGITAL POEM

은박지가 우수수 쏟아지는 밤에

나는 밤하늘을 손톱으로 긁어내는 아이였다
부스럼처럼 일어나는 은박지가 우수수 떨어졌다
날카롭고 작은 은박지는 바닥에 떨어지자마자 이내 힘을 잃고
녹아 버렸다

그러다 은박지가 우수수 쏟아지는 밤에
기어이 녹지 않고 쌓인 은박지로 이루어진 너를 만났다

너는 나의 어둠의 총체를 모두 소모해서 만든 유일한 빛이었다
너를 되돌리면 이상하게 나의 어두운 천체일 것 같은 직감으로
너를 예감했는지 모르지만

어두운 곳에서 균류처럼 자라나는 빛이 있다
예상치 못한 기후 속에서 무방비 상태로 태풍을 맞이해도
눈빛만은 절대 잃지 않는다는 듯이
빛에 집착하는 눈은
속닥이듯 홀로 쌓이는 너를 기어코 발견한다
밤하늘을 손톱으로 긁어내며

평범한 저녁에도 너는 자주 녹아 버린다
반짝 반짝,
눈을 자주 깜빡이는 마음처럼

그때마다 우주가 새하얄 수도 있다는 생각이 들었다

이제 네가 그곳에서 밤하늘을 손톱으로 긁어

내가 점점 완성될수록
입꼬리부터 반짝이며 떨어졌다

떨어진 입꼬리를 손톱 조각처럼 주워 담아도
어릴 적 웃었던 기억이 나지 않았다

늘 시를 쓰는 순간에는 반짝이는데
시를 쓰고 한참 뒤에 그것을 읽어 보면
어릴 적 웃음을 잃어버린 나와 많이 닮아 있다.

밤하늘을 긁듯이 시를 쓰고
빛이라 믿으며 원고를 모아 본다.

결국 버려질 것이라도
'버려지는' 동사의 힘이 내 삶을
끊임없이 이끌어 가고 있으니까.

가장 무서운 건 정지이므로.

영상 시간
    49초
영상과 시 배치
    영상과 시를 따로 분리했다.
영상 내용
    은박지가 쌓이는 과정과 은박지가 나의 형상으로 변하는 장면에 집중했다.
영상 프로그램
    gen3
영상 제작 방법
    포토샵 한 사진으로 영상을 만들거나 텍스트로 영상을 만들었다.
작품 특징
    초현실적으로 내용을 표현하고 싶어서 이미지가 중첩되는 효과를 삽입했다. 실제 영상을 보면 중첩되는 이미지로 인해 약간의 멀미를 느낄 수 있다.

꽃이 숨을 쉴수록

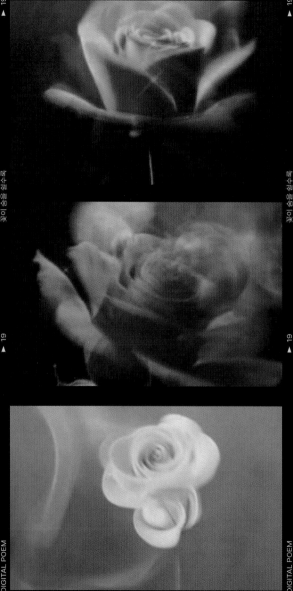

꽃이 숨을 쉴수록

꽃이 숨을 쉴수록
꽃을 수그렸다

하얗게, 하얗게

색을 뱉어 내는 일이 바닥과 닿는 일인지
꽃을 보고 알았다가, 앓았다가

꽃이 색을 잃어 가고 서서히 말라 가는 모습이

날숨과 같다는 생각이 들었다.

꽃은 한 번의 호흡으로 이토록 아름답게 살다 간다.

나는 호흡 값이나 제대로 하고 사는지 모르겠다.

영상 시간
　49초
영상과 시 배치
　영상과 시를 따로 분리했다.
영상 내용
　꽃이 호흡처럼 확 피어나는 순간에 집중해서 영상을 만들었다.
영상 프로그램
　gen3
영상 제작 방법
　포토샵 한 사진으로 영상을 만들거나 텍스트로 영상을 만들었다.
작품 특징
　꽃이 피어나는 장면이 호흡처럼 느껴지게 만들기 위해 슬로모션 효과를 활용했
　다. 꽃이 숨을 쉰다면 이러한 모습이 아닐까 싶다.

나는 파도처럼

▲ 20

▲ 20

DIGITAL POEM

DIGITAL POEM

나는 파도처럼

나는 파도처럼 쓸리며 전부 사라지다가

또다시 동일한 의자에 앉아 있다.

이 모든 일이 일상이 되기 위해서는

의자가 있어야 한다.

의자는 내가 이곳에 살아간다는 신앙이다.

기도를 드리듯이 매일 그 의자에 앉아 있다.

영상 시간
　49초
영상과 시 배치
　영상과 시를 따로 분리했다.
영상 내용
　의자가 파도가 되는 이미지에 집중했다.
영상 프로그램
　gen3
영상 제작 방법
　포토샵 한 사진으로 영상을 만들거나 텍스트로 영상을 만들었다.
작품 특징
　내가 믿는 의자조차 파도였음을 보여 주고자 했다. 롱테이크로 이어지는 영상이
　라 단조롭다.

안식

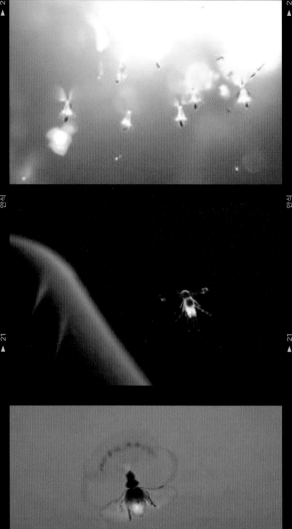

안식

매미 울음이 방 안에 차오를수록
점멸하는 고요한 몸짓

무릎 위에 솜털처럼 살며시 내려앉다가
문득 사라지는 촉감을 나는 부디 믿어도 될까

간지러운 무릎을 어루만지면
여러 겹의 우주가 소통하는 순간이 요정 같다는 생각

요정들이 서로의 빛 가루를 나누며 번식하듯이
졸음이 온다

길고 여리게
누군가 후 하고 불면 사라질 것처럼

최대한 비워 낼 때 비로소 있는 것 같다.

내가 사라질 때 비로소 나는 느낌이 된다.

시차는 이곳을 아름답게 해준다.

영상 시간

    24초

영상과 시 배치

    영상과 시를 따로 분리했다.

영상 내용

    잠시 무릎에 앉았다 사라지는 감각을 빛을 머금은 곤충으로 표현했다.

영상 프로그램

    gen3

영상 제작 방법

    포토샵 한 사진으로 영상을 만들거나 텍스트로 영상을 만들었다.

작품 특징

    우리가 인식하지 못하는 빛이 떠돌고 있음을 영상으로 보여 주고자 했다. 보통 빛을 갖고 날아다니는 생물을 '반딧불이'로 생각해서 영상의 빛을 반딧불로 보는 분들이 많을 것이다. 자세히 보면 반딧불이처럼 생기지 않은 생명체가 등장한다.

손을 녹여 그림자를 만드는 지역에서

손을 녹여 그림자를 만드는 지역에서 22 ▲

DIGITAL POEM

손을 녹여 그림자를 만드는 지역에서

손을 녹여 그림자를 만드는 지역에서
우리는 그림자가 없는 좁은 길만 따라 걸었다

손이 없는 사람들이 우리를 쳐다보며
그림자를 부풀리고 있었다

우리는 서로의 손을 오래도록 잡아 주었지만
그것은 이곳에서 그림자를 공유하는 관습일 뿐이었다

어둠은 근거 없이 매번 나를 위협한다.

하지만 어둠이 주는 느낌은 분명 거대하다.

내가 알지 못하는 우주의 비밀을, 신은 어둠으로 던져 주는 것 같다는 생각.

영상 시간
　12초
영상과 시 배치
　영상과 시를 따로 분리했다.
영상 내용
　그림자의 어둠을 보여 주고자 했다.
영상 프로그램
　gen3
영상 제작 방법
　포토샵 한 사진으로 영상을 만들거나 텍스트로 영상을 만들었다.
작품 특징
　그림자가 거대한 어둠이 되는 과정을 영상으로 표현했다. 전반적으로 어두운 영상이다. 공포를 전달하고 싶었다.

나의 방은 증발하지 않는 물방울의 미로

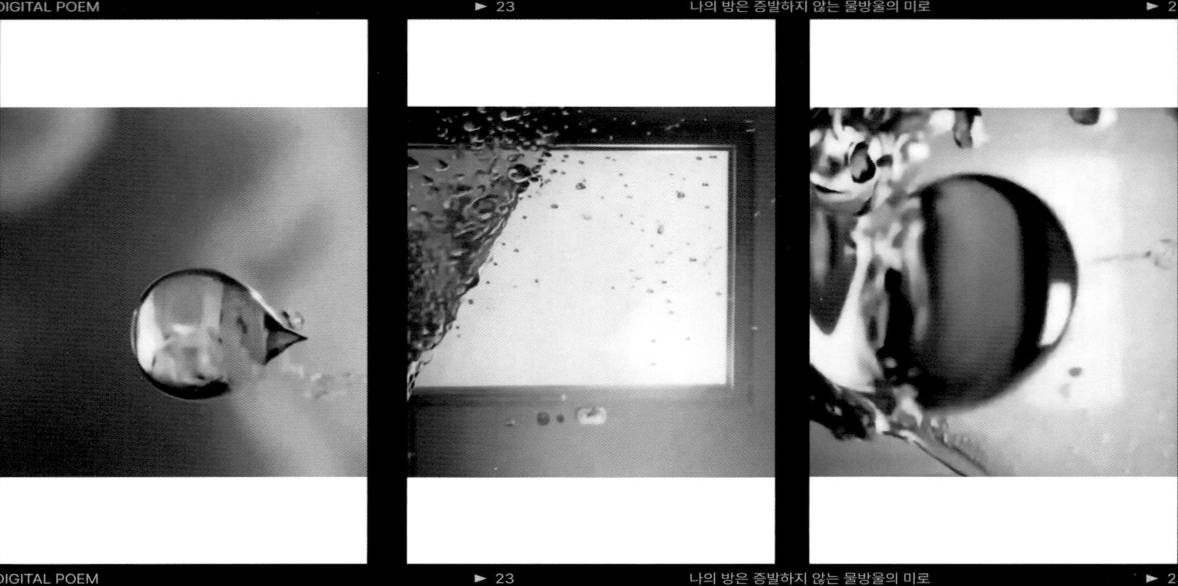
DIGITAL POEM
► 23
나의 방은 증발하지 않는 물방울의 미로

나의 방은 증발하지 않는 물방울의 미로

슬픔이 길을 잃을 때가 있다.

모종의 감정은 그것도 두 평짜리 방 안을 맴맴 돌면서
관성을 자아처럼 키우고
자신이 슬픔이라고 우기는 것이다.

맴맴 도는 물방울들……맴맴 도는 물방울들

슬픔은 적어도 기다란 꼬리가 있거든
창문을 넘어가도 여운처럼 남는 긴 꼬리가.

영상 시간

11초

영상과 시 배치

영상 속에 시를 삽입했다. 제목이 시 전문이다.

영상 내용

방 안에서 물방울이 돌아다니는 모습을 영상화했다.

영상 프로그램

gen3

영상 제작 방법

포토샵 한 사진으로 영상을 만들거나 텍스트로 영상을 만들었다.

작품 특징

물방울이 돌아다니는 방을 영상으로 만들어 보고 싶었는데 방의 구조가 잘 떠오르지 않아 미로를 헤매는 물방울처럼 보이지 않는다는 단점이 있다. 그럼에도 이 영상이 유의미한 이유는 앞으로 내가 만들어 가야 할 영상의 시간과 형식(영상과 제목을 통한 시의 내용)을 갖추었다는 특징이 있기 때문이다. 물론 앞으로도 바뀔 수 있겠지만, 현재까지는 10~15초 영상에 시 제목이 영상을 설명해 줄 수 있는 형식이 숏폼에 가장 적합한 양식으로 보고 있다.

푸른 낙엽이 지저귀는 소리

푸른 낙엽이 지저귀는 소리

낙엽이 지저귀는 소리를 듣지 못한다면

이번 가을에는 꼭 귀 기울여 보길 바란다.

그 소리를 듣는 순간 푸른 새와 눈이 마주칠 것이다.

영상 시간

11초

영상과 시 배치

영상 속에 시를 삽입했다. 제목이 시 전문이다.

영상 내용

낙엽이 새처럼 변하는 모습을 포착했다.

영상 프로그램

gen3

영상 제작 방법

포토샵 한 사진으로 영상을 만들거나 텍스트로 영상을 만들었다.

작품 특징

이 영상은 시의 제목이 시 전문이다. 영상도 10초 정도로 시간이 짧다. 가장 단출
하게 만들어서 숏폼의 짧고 단순명료한 형식을 극대화했다.

당신의 바닷속에는 심벌즈 떼가 느리고 길게 반짝였다

당신의 바닷속에는 심벌즈 떼가 느리고 길게 반짝였다

DIGITAL POEM

당신의 바닷속에는 심벌즈 떼가 느리고 길게 반짝였다

슬픔이 들리진 않아도

마음에 진동으로 느껴질 때가 있다.

그때마다 심벌즈 떼가 나를 횡단하고 있는 듯했다.

영상 시간

 34초

영상과 시 배치

 영상 속에 시를 삽입했다. 제목이 시 전문이다.

영상 내용

 심벌즈가 바닷속에 떠돌아다니는 모습을 포착했다.

영상 프로그램

 gen3

영상 제작 방법

 포토샵 한 사진으로 영상을 만들거나 텍스트로 영상을 만들었다.

작품 특징

 심벌즈가 바닷속을 유영하는 모습을 보여 주고 싶었다. 물고기뿐만 아니라 심벌즈도 멋지게 헤엄칠 수 있다는 것을 증명해 보이고 싶었다.

유리병 속으로 들어간 사자

유리병 속으로 들어간 사자

사막 한가운데 투명하고 반짝이는 유리병을 발견한 사자는
그 속으로 들어가 이곳이 밖이 되는 꿈을 꾸었습니다

유리병 속으로 들어갈 수 있을 때까지 작아지고 약해진 사자는
비로소 유리병 안으로 아슬랑아슬랑 들어갔습니다

유리병 속에서 보이는 밖의 세상은 어룽어룽 빛이 되어 유리병
전체를 에워쌌습니다

신이 유리병을 불어 연주할 때마다
사자의 포효가 들렸습니다

울음과 바람이 순환하는 생태를
유리병은 투명하게 품고 있었습니다

안과 밖이 구분이 되지만 구분되지 않는 세계를 상상해 봤다.

유리병은 그러한 상상을 대변해 준다.

대부분 우리는 자신만의 유리병에서 나오지 않는다.

단단하고 투명한 세계에서 포효로 대화한다.

영상 시간

1분

영상과 시 배치

영상 속에 시를 삽입했다. 제목이 시 전문이다.

영상 내용

사자가 자진해서 유리병 속으로 들어가는 장면에 초점을 두고 영상을 제작하였다.

영상 프로그램

gen3

영상 제작 방법

포토샵 한 사진으로 영상을 만들거나 텍스트로 영상을 만들었다.

작품 특징

사자가 자진해서 유리병 속으로 들어갔지만 물이 가득 찬 유리병 속에서 포효하는 스토리를 영상으로 제작했다. 물론 시 안에는 물이 가득 찬 유리병에 관한 이야기는 없지만 이러한 이미지는 사자의 우울이나 슬픔을 보여 주기 위한 장치였다.

사막을 걷는 고양이

사막을 걷는 고양이

에피소드 1_다리들

사막 한가운데 고양이가 홀로 걸어가고 있었다

가만가만 걸어가는 고양이는 자신이 고양이인 것을 잊고
결국 네 다리만 남아서 야옹, 우는 것이 낯설다

자신이 고양이인 것을 의심할 겨를도 없이
고양이는 사막에게 전부 빼앗겨 버린 것이다

에피소드 2_캣워킹

사막 한가운데 고양이가 홀로 걸어가고 있었다

고양이가 밟고 지나간 사막 표면의 흔적은 단출하기 그지없
었다.
네 발을 디뎠지만, 사막의 얼굴에 남은 발자국은 두 발에 불과
했다.
사막은 모든 것을 빼앗았다고 생각했지만, 네 다리의 그 절반
밖에 가져오지 못했다는 것을 깨달았다.

사막은 욕심이 생겼다. 그 마음이 격해져 괘씸한 생각이 들
었다.
사구의 능선을 무너뜨려 고양이를 유사(流沙)로 유인하였다.

빠져나가려 애쓸수록 더욱 깊이 사막의 심장에 빠져들 것이 분명했다.

　그런데, 고양이는 몸부림치지 않고 담담하고 온화한 표정을 지으며 미동조차 보이지 않았다.

　유사에 몸을 맡긴 채 자신을 온전히 사막에 내던지고 있었다.

　고양이는 사막의 능선을 걸을 때 발자국을 절반밖에 남기지 않았다.

　사막의 얼굴에 자신이 가진 네 발의 의견 모두를 남겨 강한 흔적의 소리를 들려주는 것이 아니라

　앞발과 뒷발이 마주 닿아 절반의 의사만 전달하며, 사구를 존중하려 애썼기 때문이다.

　처음부터 사구를 걸어가는 고양이는 사막에 몸을 내던질 생각이었지만,

　그마저도 자신의 욕심일까 염려되어 아주 조심스레 발자국을 남겨 왔던 것이다.

　사막 한가운데 고양이가 스며들어 가고 있다.

인스타그램에서 만난 '이브이 작가님'께서 글을 통해
힘겹도록 행복한 사랑을 끊임없이 이어 나가는 모습에서 '사막
을 걷는 고양이'가 떠올랐다.

에피소드 1은 필자가 썼고, 에피소드 2는 이브이 작가님께서
쓰셨다.
이중 주체의 글이 어떻게 나오는지 처음으로 시도해 본 작품이다.

한 사람에게 이토록 큰 사랑을 받을 수 있다면(줄 수 있다면)
고양이는 끝내 사막을 횡단할 수 있지 않을까.

영상 시간
　　46초
영상과 시 배치
　　영상과 시가 분리된 작품이다.
영상 내용
　　고양이가 사막을 횡단하는 모습에 초점을 두고 영상을 제작했다.
영상 프로그램
　　gen3
영상 제작 방법
　　포토샵 한 사진으로 영상을 만들거나 텍스트로 영상을 만들었다.
작품 특징
　　인스타그램에서 댓글을 통해 자주 만난 독자님인 '이브이 작가님'과 함께, 처음
으로 협업을 통해 시를 쓰고 영상을 제작했다. 필자가 영상을 만들 때 이브이 작
가님께서 고양이의 표정, 신기루 이미지를 활용하자는 의견을 제안해 주셨고 이
점이 크게 도움이 되어 처음으로 틱톡에서 조회수가 만 단위가 넘는 영상이 제
작됐다. 다시 한번 이브이 작가님께 감사드린다.

검은 연기

검은 연기

겨우 버티고 있다가 정신을 차렸을 땐
나는 이미 타들어 가는 나무가 되어
온몸으로 검은 연기를 쏟아 내고 있었다

나를 연료처럼 태우는 수레가 덜덜거리며 굴러갔다
어쩌면 덜덜거리는 수레를 연료로 쓰는 내가 기어갔는지 모르지

이 모든 현상의 주어가 검은 연기, 검은 연기 같았다

삶은 타들어 가는 과정이 아닐까.

연기(煙氣)가 멈추지 않기 위해 벌린 축제 속에서
나는 살아가고 있는 연기(演技)를 열심히 해낸다.

영상 시간

19초

영상과 시 배치

영상과 시가 분리된 작품이다.

영상 내용

나무를 태워 수레가 이동하는 모습과 수레를 끌면서 나무가 이동하는 모습을 대
비하여 보여 주었다.

영상 프로그램

gen3

영상 제작 방법

포토샵 한 사진으로 영상을 만들거나 텍스트로 영상을 만들었다.

작품 특징

영상의 색을 단조롭게 검은색, 초록색을 중심으로 구성했다. 삶이 타들어 가는
모습을 두 가지 양상으로 표현해 보고 싶었다.

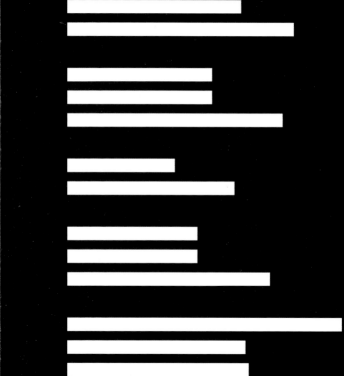

초록을 잃은 코끼리

초록 코끼리가 집 안으로 숨어든 밤
가족들은 각자 사물처럼 숨죽이고 있었습니다

비좁은 방을 두리번거리다가
의자를 발견한 초록 코끼리는
그것을 코로 훑으며 오랫동안 궁리했습니다

의자를 배회하는 동안
초록 코끼리는 초록을 잃었습니다

초록이 무엇인지도 모르고
의자가 무엇인지도 모르고
까마득한 밤, 코끼리는 까마득해졌습니다

가족들은 하나둘 움직이며 안도의 숨을 들이쉬었습니다
코끼리가 궁리한 의자도 사라졌지만
우리는 모두 초록이 되어 있었습니다

삶을 고민하다가 생각만 육중해진 적이 있다.

거대하고 우둔해진 생각을 어떻게 해야 할지 헤매는 이 모든 과정이
의자를 닮아 있어서

한참을 의자를 고민하다가
삶을 잃어버린 적이 있다.

영상 시간
  35초
영상과 시 배치
  영상과 시가 분리된 작품이다.
영상 내용
  초록 코끼리가 집 안으로 들어와 헤매다가 회색 코끼리가 되어 가는 과정에 초점을 맞추었다.
영상 프로그램
  gen3
영상 제작 방법
  포토샵으로 수정한 사진을 만들어 영상을 만들거나 텍스트로 영상을 만들었다.
작품 특징
  이 작품은 틱톡에서 조회수 및 좋아요 수가 가장 많았다. 영상만 봐도 시의 내용을 이해할 수 있을 만큼 시의 내용을 충실히 담았다. 영상이 스토리를 갖고 있기 때문에 독자들이 재미있게 감상을 할 수 있었던 것 같다.

풍선의 무게

풍선의 무게

가벼운 것도 싫고 무거운 것도 싫다면
당신은 당신만의 무게를 상상하는 중이다.

영상 시간

    34초

영상과 시 배치

    영상 속에 시를 삽입했다. 제목이 시 전문이다.

영상 내용

    풍선을 통해 무게감을 보여 주고자 했다.

영상 프로그램

    gen3

영상 제작 방법

    포토샵으로 수정한 사진을 만들어 영상을 만들거나 텍스트로 영상을 만들었다.

작품 특징

    풍선의 무게감을 통해 우리가 생각하는 무게감이란 무엇일지에 대해 생각할 수 있는 문제를 던지고자 한 게 이 작품의 의도다.

물방울의 탄생

▲ 31

▲ 31

▲ 3

▲ 3

물방울의 탄생

물방울이 유기체인 거 알고 계셨나요.

영상 시간

　　15초

영상과 시 배치

　　영상 속에 시를 삽입했다. 제목이 시 전문이다.

영상 내용

　　물방울의 탄생을 영상으로 표현하고자 했다.

영상 프로그램

　　gen3

영상 제작 방법

　　포토샵으로 수정한 사진을 만들어 영상을 만들거나 텍스트로 영상을 만들었다.

작품 특징

　　시 제목이 시 본문과 같다. 물방울이 정말 살아 있는 것처럼 보이게 하는 것이 목적이었다.

물이 가득 차오르면 서서히 해안선이 보이고

물이 가득 차오르면 서서히 해안선이 보이고

집 안으로 파도가 밀려들어 오고
물이 가득 차오르면

서서히 외줄이 보이기 시작한다
우리는 그것을 물속의 해안선이라 부르지

나는 딸의 작은 손을 잡고 외줄을 따라
물속과 물속 사이를 걷곤 했다

슬픔과 슬픔 사이는 어떤 감정일까.

나는 그곳을 해안선이라 부른다.

딸은 엄마의 마음을 아는지 해안선을 걸을 때마다 매번 손을 꼭 잡아 준다.

영상 시간

　17초

영상과 시 배치

　영상과 시가 분리된 작품이다.

영상 내용

　집 안이 바다가 되고 해안선이 집과 바다 사이에 있는 광경을 묘사했다.

영상 프로그램

　gen3

영상 제작 방법

　포토샵으로 수정한 사진을 만들어 영상을 만들거나 텍스트로 영상을 만들었다.

작품 특징

　현실에 없는 이미지이기 때문에 모든 장면들을 새롭게 이미지로 제작해야 했다.
따라서 영상이 전반적으로 그림 같지만 따뜻한 색상으로 이루어져 있다.

초록은 전생을 번역한 속력 같아서

DIGITAL POEM

초록은 전생을 번역한 속력 같아서

초록을 보면 헤아릴 수 없는 속력이 느껴진다.

한없이 빨라도 느리고
한없이 느려도 빠른
초록의 속력 속으로 날아간 나비들은
어느 철에 다시 만날 수 있을까.

영상 시간

17초

영상과 시 배치

영상 속에 시를 삽입했다. 제목이 시 전문이다.

영상 내용

초록색 식물이 자라나는 속도감에 초점을 맞추어 영상을 제작했다.

영상 프로그램

gen3

영상 제작 방법

포토샵으로 수정한 사진을 만들어 영상을 만들거나 텍스트로 영상을 만들었다.

작품 특징

식물이 움직이는 것을 보기 힘든 이유는 우리가 그들과 다른 속도로 살기 때문이다. 다른 속도로 산다는 건 이토록 서로의 생활을 알아차리기 힘들다. 이는 식물의 속도감에 주목해서 영상을 제작한 이유다.

오래된 의자는 점차 번식력을 지닌다

오래된 의자는 점차 반사력을 지닌다

DIGITAL POEM

오래된 의자는 점차 번식력을 지닌다

오래된 의자는 점차 번식력을 지닌다
의자의 의자들이 주변을 맴맴 돌기 때문이다

어느 날 의자의 의자들이 거실을 돌다가 나에게 들킨 적이
있다
나는 그들의 침묵의 각도를 다정하게 따라 앉으며
나도 의자의 의자임을 고백했다

그 이후 의자에 앉으면
의자의 의자의 의자가 거대하게 돌고 도는 음악이 자주 들린다

의자와 친밀하다면 비로소 그들의 현기증을 이해할 수 있는 것
이다

의자에 앉아 있으면 현기증이 몰려온다.

현기증을 확대해 보면 의자 수천 개가 내 주변을 돌고 있다.

한 번쯤 내가 앉았던 자세를 가진 의자들이

타자의 세계같이 등장해서 내가 단지 '텅 빈 공간'임을 증명해 내는 것이다.

영상 시간

　16초

영상과 시 배치

　영상에 제목만 넣고 시를 따로 분리했다.

영상 내용

　의자가 낳은 의자들이 뱅글뱅글 도는 모습에 초점을 두었다.

영상 프로그램

　gen3

영상 제작 방법

　포토샵으로 수정한 사진을 만들어 영상을 만들거나 텍스트로 영상을 만들었다.

작품 특징

　영상에 집중하다 보면 독자도 현기증을 느낄 수 있다. 현기증을 전염시키고 싶었다.

끝없이 달려가는 소리 한 마리

끝없이 달려가는 소리 한 마리

▲ 35

IGITAL POEM

끝없이 달려가는 소리 한 마리

벽은 강한 심장 박동으로 이루어졌다

그날 벽의 심장 박동 하나가 빠져나가면서
공간이 비어야 심장 박동 소리가 크고 길게 울린다는 사실을
알았다

그렇게 나는 벽 속에서 심장을 찾아 헤매다가 동굴을 발견한
것이다

깊은 벽 속으로 걸어 들어가다 보면
바닥에 늘어진 소리들 가운데
생쥐처럼 끝없이 달려가는 소리 한 마리를 발견할 수 있을 것
이다

혼자 앉아 있으면 그 생쥐 같은 소리가 나의 몸속에도 슬그머
니 놀러 오곤 한다

침묵을 기어코 뚫고 나타나는 아주 작은 소리가 있다.
아주 작은 소리만이 침묵 속에 동굴을 낸다.
그러한 소리는 안과 밖을 구분하지 않는다.
어디로든 길을 만들어 버리기 때문이다.

영상 시간
16초
영상과 시 배치
영상에 제목만 넣고 시를 따로 분리함.
영상 내용
쥐가 끊임없이 안으로 들어가는 모습에 초점을 맞추어 영상을 제작했다.
영상 프로그램
gen3
영상 제작 방법
포토샵으로 수정한 사진을 만들어 영상을 만들거나 텍스트로 영상을 만들었다.
작품 특징
생쥐가 끊임없이 안으로 들어갈수록 밖으로 나온다. 안과 밖을 해체한 공간을 만들고 싶었다.

덩어리로 남아 섬세하게 모호한 표정을 짓고서

덩어리로 남아 섬세하게 모호한 표정을 짓고서
(It remains a lump,
making the most delicate ambiguous expression.)

DIGITAL POEM

덩어리로 남아 섬세하게 모호한 표정을 짓고서

새와 사람들, 속도를 늦추는 차들이
문의 모습을 하고 열렸다가 닫혔다가

열렸다가 닫혔다가
각자의 내막을 점멸하듯 내보인다

오롯이 문이기 위하여 기어다녀야 한다는 듯이
날개를 없애고 다리를 없애고 바퀴를 없애고
덩어리로 남아 가장 섬세하게 모호한 표정을 짓고서

문의 세계에서 최고의 프로는 흔적처럼
집요하게 사라지지 않아야 한다.

문은 비로소 입의 감각을 찾아낸 오물거림이나
귀가 생겨나는 과정을 담은 초상화일 수 있겠으나

이내 곧 닫힌다

닫혀도 닫히지 않는 문의 틈으로
다시 새가 되고 사람이 되고 차가 되어

이곳은 불현듯 열릴 것만 같고

돌은 늘 모호한 표정을 짓고 있어서

열어 보고 싶지만 열 수 없는 문 같다

돌의 잠재성을 사유해 보고 싶었다.

영상 시간

16초

영상과 시 배치

영상에 제목만 넣고 시를 따로 분리함.

영상 내용

돌이 어떻게 변할 수 있을지에 대한 가능성에 초점을 두고 영상을 제작했다.

영상 프로그램

gen3

영상 제작 방법

포토샵으로 수정한 사진을 만들어 영상을 만들거나 텍스트로 영상을 만들었다.

작품 특징

돌의 모호한 존재성을 영상으로 보여 주고 싶었다.

초록 코끼리

1판 1쇄	2024년 10월 25일
지은이	박유하
펴낸곳	끝과시작
펴낸이	박은정
편집	박은정
디자인	코끼리
출판등록	제2022-000083호
전자우편	typistpress22@gmail.com
ISBN	979-11-989173-1-7(03810)

◦ 책값은 뒤표지에 있습니다.
◦ 파본은 구입처에서 교환해 드립니다.
◦ 이 도서의 판권은 지은이와 출판사 타이피스트에 있습니다.
  양측의 서면 동의 없이 책 내용의 전부 혹은 일부의 재사용을 금합니다.
◦ 끝과시작은 출판사 타이피스트의 임프린트입니다.
◦ 이 책은 충청북도, 충북문화재단의 후원을 받아 예술창작활동지원사업의 일환으로 발
  간되었음.